선진규 시집

봉화산의 소리

국립중앙도서관 출판예정도서목록(CIP)

봉화산의 소리 : 선진규 시집 / 지은이 : 선진규. -- 서울 : 한누리미디어, 2018
p. ; cm

ISBN 978-89-7969-782-7 03810 : ₩12000

한국 현대시 [韓國現代詩]

811.7-KDC6
895.715-DDC23 CIP2018029831

선진규 시집

봉화산의 소리

한누리미디어

봉화산의 소리

낮으면서 높은 산
야산野山이면서 심산이다
높이 140m 정상에 오르면
하포늪을 뒤로
낙동강이 굽이굽이 흐르고
두루 40리 3개 시 12개 읍면이
한눈에 들어온다

▲ 봉화산 정상에 오르는 길

부산 가덕도에서 봉화 올려
김해 분산성 봉수대를 지나
봉화산 봉수 밀양 봉수로 전달되는
중부권 봉화 민중을 깨워
소리치게 했던 산이다

▲ 봉화산 봉수대

그 옛날 낙동강 지류
광활한 늪은
상고上古 때는 바다였기에
산기슭에 패총貝塚이 있다

▲ 북쪽 낙동강, 서쪽 철새도래지인 주남저수지

바위 정상엔 고대인의 제사 터

학명學名 'cup mark'
감실龕室이 현존하여
정기精氣가 있다고 한다

산중턱 가락국 태자암 절터
후손들 승승장구 비는
원찰願刹이 있었던 곳이다

지방문화재 40호 마애불
많은 인재를 탄생케 하는
부처님이라 한다

사자바위 정상 백척간두 절벽에
일인용 참선터 무엇을 구했고
무엇을 깨쳤을까

동쪽 도득골道得谷
서쪽 자암골子庵谷은
이름 그대로 이곳이
넓은 수행터였음을 말해 준다

▲ 사자바위에서 본 봉화마을

▲ 고대인들의 제사터 Cup mark

▲ 지방문화재 40호 마애불

▲ 사자바위

6.25의 폐허 자유당 독재 말기
보릿고개 배고픔 시절
종교는 국경이 없으나
종교인은 국경이 있음을
분명히 보여준
불교학도 31명
'호미 든 관음성상'
민둥산 정상에 봉안하고
4대 개발 부르짖는
현대판 봉화를 올린 곳이나

두두물물頭頭物物 삼라만상이
부처의 몸을 상징한
지상용출 불상은
'자연은 나, 나는 자연' 을
상징하고 있다

이곳에서 미래의 주인공 청소년들이
수없이 모여 심신을 개발하고
호연지기를 키우는 곳이기에

▲ 1959년 4월 5일, 31명의 불교학도들이 봉안한 '호미 든 관음성상'

▲ '자연은 나, 나는 자연' 지상용출 불상

▲ 30여 년 이어온 봉화산 청소년축제

민주주의를 실천하고 통일을 선도한
대통령이 탄생하였다고
자평自評해 본다

큰 이상과 희망을 준다는 사자바위
소아를 버리고 대아를 품게 하는
부엉이바위(일명 대통령바위)
언제나 태산부동 침묵의 미덕을
보이고 있는 독립된 봉화산!
노무현은 '내 운명 같은 산' 이라 했던
이 산!!

이제는 뭇 생명의 가슴 가슴에
큰 길을 열어 미래를 창조하며
우리 모두가 동서남북 상하
대우주의 주인임을
소리로 일깨워 주는
강렬한 산이 되고 있다

▲ 청소년 예절 서당

▲ 모두를 포용하는 부엉이 바위

*4대 개발 : 심신개발, 사회개발, 경제개발, 사상개발

차례

제 1 부 _ 봉화산 사자바위

Contents

울음 _ 제 2 부

차례

제3부 _ 가슴에 묻은 아들 딸들아

Contents

돌섬 독도야 _ 제4부

제 1 부

봉화산 사자바위

봉화산 사자바위

사자의 머리같이 우뚝함이
사자바위인가
높이 솟은 장대함이
사자바위인가

아니야
오랜 세월 뭇사람
기도 발원 뭉쳐 바위 되어
그 자태 그 기백 그 용맹 자리함이
그래서 바위는 사자가 되었단다

모두야 오너라!
아픔일랑 달래고
원망일랑 이곳에서 풀어 버리자
헤일 수 없는 욕망, 끝없는 번민
이곳에서 털어 버리자
동서남북 뿔뿔이 헤어짐도
하나 되게 이곳에서 기원 드리자

그토록 합장하고 염원했던

이 정상에 텅빈 마음으로
오늘의 나, 오늘의 세상을
한 번만이라도 뒤돌아보자

태산泰山 부동不動 바위의 침묵은
사자후가 되어
새로운 횃불로 시공을 넘나드는데……

*노무현 대통령 귀향 의사를 듣고 쓴 시로, 『한국현대시문학』 등단시.

병신년을 보내는 촛불

수백만의 촛불이
약속이나 한 듯
하나 되어
함성치는 파도 속에
이 해가 넘어가고 있다

나라의 주인은
국민임을 밝혔고
민주를 지키고
주권을 사수한
도도한 촛불!
이제는 누구도 끌 수 없는
용광로가 되었다

잡철이 들어갔다 나오면
선철이 되듯
촛불 용광로에 너나없이
들어갔다 나오길
희망해 본다

모두에게 스며 있는
거짓과 부패, 독선과 이기
고집과 욕심, 대립과 분노
남김없이 다 태워 버리고
새롭게 탄생토록
발원해 본다

병신년을 보내는 촛불
전국에서 모인 하나 하나가
세계사에 없는 1000만 촛불!
이 촛불 혁명
국민이 하나 된
무언의 가르침이다

자정이 지나면
새해 정유년丁酉年 닭의 해
국민의 승리를 알리는
붉은 닭의 승전고 소리를
마음 조려 기다려 보자

범종소리

어두움을 깨우며
무한의 허공에
울려 퍼집니다

한없는 생명
한없는 광명
소리는 끝이 없습니다

헤일 수 없는 기쁨과 슬픔
모두 잊어버리고
선과 악이 하나 되고
하늘과 땅이 하나 되고
중생과 부처가 하나 됨을
알리고 있습니다

우주를 넘나드는
울림의 소리는
일념즉시 무량겁一念卽是無量劫
일미진중 함시방一微塵中含十方
우리 모두 주인 되어

깨어남의 소식입니다

색즉시공 공즉시색色卽是空空卽是色
일체중생 전미개오一切衆生轉迷皆悟
새로운 피안의 약속입니다

그침 없이 흐르는
환희의 눈물은
뒤돌아봄의 기쁨입니다

마음 · 1

마음은 있는 것이다
맞다
마음은 없는 것이다
맞다

마음은 큰 것이다
맞다
마음은 작은 것이다
맞다

마음은
있는 것도 아니요
없는 것도 아니요
큰 것도 아니요
작은 것도 아니다

다 맞다

이것도 맞다
저것도 맞다

무엇이 맞나?

그 말도 맞다

……이 못난이!

마음 · 2

눈동자에 들어오는 광속이
1초에 지구를 일곱 바퀴 반을 돌고
1년 가는 것을 1광년이라 한다
북두칠성까지 천 광년 거리
신라 때의 별빛을 지금 우리는
보고 있는 것이다

은하계 중에서 가장 가까운
'안드로메다 은하' 250만 광년 거리
이런 은하가 대우주 공간에
1700억 개 있다고 한다
이들의 거리와 공간은
무한극수無限極數다

놀라운 일이 있다!
한 순간 우주 끝자락을 가고
한 찰나 대우주를 품어 버리는 마음을
우리는 갖고 있어
놀라운 일이 아닌가!!

의상조사義湘祖師는 말했다
일념즉시무량겁一念卽是無量劫
일념이 곧 무량한 시간이고
일미진중함시방一微塵中含十方
한 티끌이 대우주를 품고 있다
1300년 전 우리의 정신문화
지금 스마트폰 컴퓨터가
해답을 주고 있다

오늘 아침 뜨락의
나뭇잎을 쓸어 모아
무한시공無限時空에서
불을 지펴 보았다

마음 · 3

'작은 마음
바늘구멍 같고
큰 마음
대천 한바다'라 한다

마음은 일으키는 대로
작아졌다 커졌다
만들어지고
없어지는 것이다

신라 원효대사元曉大師
일체유심조一切唯心造
마음은 지은 대로 이룩된다
라고 했다

마음은 창조創造요
우주의 주인이다

마음을 찾자!
마음 찾는 그 길이
어디에 있는가?

마음 · 4

마음이 나를 안는다
마음이 너를 안는다
나와 너를 함께 안는다

마음이 자연을 안는다
마음이 뭇 생명을 안는다
지구와 대우주를 함께 안는다

마음이 어두우면
투쟁과 슬픔
악마요 사탄이다

마음이 밝으면
자비와 사랑
부처요 보살이다

마음 깨친 이가 말했다
심즉시불心卽是佛
마음이 곧 부처이다

부처란

무엇이 부처입니까?
달마達磨에게 물었다
무식한 것!
한 마디 던지고
양자강을 건너가 버렸다

덕산德山스님 바랑을 짊어지고
법당 안을 왔다 갔다 하더니
없다 없어!
소리치고 나가 버렸다

어느 스님 동산洞山스님에게
무엇이 부처입니까?
마삼근麻三斤이다
어찌 세 근입니까?
못난 놈!
감싸고 있는 것도 모르고…

나 너 산천초목
두두물물頭頭物物

대우주시공大宇宙時空이
부처 아님이 없다는데
왜 잔말이 많아!

구도求道

어리석음이여
부질없음이여
너는 지금
어딜 가고 있느냐

진정 만나려면
모두 버려야 한다

기쁨 슬픔
찬란한 빛깔들
끝없는 허공으로
날려 보내고

삶과 죽음의
갈림길 위에
이 알몸
다시 던져 보자

회향廻向

나도 모르고
너도 모르고
모르고 살다 보니
모르는 것이
삶이었다

나와 너
있다 없다
분별로 살아온 것
결국 없어지는 것인데……

그대여!
아웅다웅 산다는 것
사는 것이 아니었다

이제는
진정으로
모두 다
버리고 살아 보자

못난 사람

살얼음 북풍 눈보라가
스치고 있다
싹트면 벌나비 희롱戲弄 속
더위가 올 것이다

번개 같은 시간
인연 따라 왔다가
한 해가 가고
새 해가 다시 온다

놀고 도는 윤회바퀴
여든 살 넘어
끝자락에 왔는데

말을 해 보라!
소리쳐 보라!
무엇을 했단 말인가?
이 못난 사람아

허공이 입을 막아
할 말이 없어졌다

아들의 기약

물 따라 가요
물 따라 가요
엄마
난
물 따라 가요

돌아온단 기약에
잡은 손 놓아 주신
바다 같은 어머니

물 따라 가요
물 따라 가요
엄마
난
물 따라 가요

※ 고등학교 2학년 때 쓴 것임

달집의 불

불이
하늘을 솟구친다
풍물소리는
대지를 휘감는다

어린 놈은 뛰놀고
큰 놈들은 춤추고
아낙은 합장하며
소원을 빌고 있다

동쪽 산마루
삐죽이 내미는 둥근달
모두의 기다림
미소로 답을 한다

시방세계 환희가
타는 불과 함께 뒤집고
반복하며 춤을 춘다

만남

나와 너 만남은
너무나 멀었었다

시간에 얽매이고
높낮이에
떨어져 있었다

이제는 지난 과거를
넘어야 한다
욕망과 얽매임도
벗어야 한다

눈을 감고
되돌아보자
그곳에 시공이 잠자는
공간이 있다

그리움의 원력願力이
서로 만나는
영원한 정토 말이다

오랜 염원

경기도 광릉 숲속
봉선사奉先寺에 계시는
조실祖室스님

선 법사!
내가 여기서
찬찬히 바라보니
그곳 봉화산 중심으로
생사문제를 갖고
노 대통령과 선 법사
두 사람이 꼭
숨바꼭질하는 것 같아

여러분들은
잘 모르고 있지만
나는 훤히 보입니다
오랜 염원 없이는
이렇게 될 수 없습니다

스님!

우리 약속 하나 없이
자신들 일만
했을 뿐입니다

우리들의 염원과
실천을 보셨다니
참으로 고맙습니다

광복맞이 심우장尋牛莊

총독부 등진 비탈산에
그 님이 소(牛) 찾던 빈 집
온갖 회유懷柔 압박壓迫
다 겪으며 외롭게
살다 간 곳이다

70년 지난 여기
님 찾던 그 님이 그리워
수많은 인파가 오늘
모이고 있다

큰 북을 치고
아리랑 노래 속에
'님의 침묵' 시를 읊는다

독립선언서 낭독하고
공약삼장을 소리친다
통일을 갈망渴望하며
소 찾는 방법 설하고 있다

곧고 외롭게 싸우다
떠났음을 알리는
담벽 기대 서 있는
한 그루 소나무
이 집 생긴 이래 이런 모임
처음이라 일러준다

오늘 따라 이 좁은 공간
유마維摩의 방 닮아
허공을 채우는 심우장이
나래를 펴고 있다

*심우장尋牛莊 : 만해 한용운이 살다가 해방 1년 전에 사망한 서울 성북동 소재. 조선총독부를 등진 산골집.

원인과 결과

얼마나 기다려야 합니까
애욕이 멈출 때까지입니다

카운트다운이 시작되었는데요

빨간 신호가 보이니
이번에도 틀렸습니다

그러면 다시
시작해야 한단 말입니까

그것은 댁의 사정입니다

아—
생각이 멈추고 시공이 멈추면
그 찬란한 지혜의 섬광이
약속되어 있었는데…
처음으로 다시
돌아가야 한다니
참으로 안타깝습니다

남을 원망하지 마십시오
뒤돌아보면
전부 당신 자신이
원인이었습니다

잘 못했습니다

잘 못했습니다
잘 못했습니다
내가 잘 못했습니다

살다 보니
이렇게 되었습니다
그래서 더욱
잘 못했습니다

그러나
무엇을 잘 못했는지
진정 모르겠습니다

모르는 잘못도
이렇게 모두
책임지고 고백하니
그렇게
편할 수가 없습니다

온 세상이 다
평화가 온 것 같습니다
왜 다들 잘못을 인정하지 않는지
모르겠습니다

제 2 부

울음

울음

구도求道의 길 떠나는
아들 손 잡고 우시던 어머니
새벽길 뻐꾸기 소리와 함께 울었습니다

배고파 보릿고개 넘지 못하는
헐벗은 산야에 할 수 없이
우리는 부처님 손에
호미를 들게 하고 울었습니다

부정선거 다시 하라!
비 오듯 총알이 퍼붓는 속을
넘어져도 전진하는
젊음과 함께 울었습니다

민주주의 찾는 길에 몸 바친 망월공원
혼자 거닐며 후퇴하는 민주주의 생각에
분함을 손에 쥐고 소리 없이 울었습니다

부엉이바위에서 그간 온갖 물의
모두 책임지고 떠나간 추모 49재

함께 목놓아 울었습니다

수만 년 흘러내린 4대강 곳곳에
산소 부족으로 죽어가고 있는 한없는 생명들
답답하고 안타까워 발 구르며
지금도 울고 있습니다

지행일치知行一致 양익양륜兩翼兩輪
지식과 도덕성은 양날개 양바퀴와 같다!
청소년들의 사람됨을 소리치고 다녔는데
갈수록 험한 세상 어버이를 해害하고
자식을 버리는 지경까지 왔으니
목메인 울음 그칠 수가 없습니다

분단 60년 허리 잘린 국토 위에
헤어진 부모 형제 아직도
눈 부릅떠 싸우고
권력유지 수단으로
한쪽은 종북! 한쪽은 반동!
벌벌 떠는 공포 속에 통일의 암담함

이제는 양쪽 모두
눈물이 마르고 있습니다

보고 듣고 가고 오고
울지 않을 수 없는 현실 앞에
이 못난 남편 만나 50여 년 고생하다
몹쓸 병 얻어 세상 떠난 아내에게
"참으로 그간 고생 많이 하였소!"라는
말 한 마디 못한 것이
영원한 울음이 되어 버렸습니다

울기 위해 태어난 운명인가
울지 아니 하면 아니 되는 운명인가
이제는 어떤 운명의 울음이라도 좋습니다

이 울음이
모두의 아픔을 씻을 수만 있다면
세세생생 피할 수 없는
울음이 아닙니까

봉화산 부엉이바위

부엉이 울음만 남기고 둥지 떠난 여기
그토록 푸른 꿈 지난날이 아쉬워
오늘 따라 이곳 짙은 상념想念에
불을 지핀다

과거는 단절된 망각에 가리어지고
현재와 미래가 혼돈의 시간 속에
머물러 있는 곳
바라만 보고 넋을 잃은 사람들
바라만 보고 눈물짓는 사람들
바라만 보고 합장하는 사람들
이들에게 절망과 좌절은
죽음과도 같은 것
어쩌다가 이렇게 되었는지 안타까울 뿐…

답답한 마음 절규로 토해낸다
"다시 깨어나야 한다!"고
끝과 시작은 둘이 아니요
높낮이는 요철凹凸의 법칙이라
어디서 들려오는 생명의 소리가 있다

대낮을 알리는 수탉의 울음소리
어두운 질곡을 쪼아대는 봉화산의 딱따구리
꿈이 서린 벼논을
줄지어 다니는 오리들의 지저귐
머무름이 있는 곳에
일어나라는 소리 소리들…

넋 잃은 사람들아 이 소리가 들리지 않는가…?!
눈물짓는 사람들아 울음을 멈추자
합장하는 사람들아 소망을 기도하자

살아 움직이는 생명의 소리들이
침묵의 바위를 두드리고
두터운 구름에 가리었던 이곳에
밝은 햇살이 강렬하게 비추고 있다

멀리 아득한 곳으로 떠난 모두가
되돌아옴을 알리는 서운瑞運이
한없이 꼬리를 물고 나타나고 있는데…

사람아 세상 사람들아
이제는 깨어나야 한다
우리 스스로 새롭게 깨어나야 한다

*2010년 노무현 대통령 서거 1주년을 추모하며 쓴 시

신년송

바다가 있다
산과 들이 있다
중생이 있기에
그 속에 꿈이 있다

해가 솟는다
모두가 눈을 뜬다
아픔과 슬픔
욕망과 갈등
어두움에서 광명으로
올해도 어김없이 해가 솟는다

관음의 자비慈悲
문수의 지혜智慧
보현의 원력願力
중생들 서원 속에 잉태되어
함께 솟는다

어이 할거나
아쉬움을 뒤로 하고

시간이 하도나 멀어
조급한 기다림에 애태웠던
해가 솟는다

이제는 답해야 한다
무지無智는 보리菩提를
생사는 열반涅槃을
사바裟婆는 정토를
중생이 부처란 것도
대답해야 한다

불보살이 못하면
눈뜬 중생이라도 해야 한다
더 이상 기다릴 시간이 없다
말보다 몸으로
보여줄 각오가 서야 한다

길 · 1

길 위에서
태어났다

길 위에서
뭇 생명의 고통을 보고
길 위에서
고뇌의 해법 깨달았다

길 위에서
이 깨침 전하다
길 위에서
세상 떠났다

이 길은 지금도
끝없는 진행형이다

동서남북 무한 공간
뚫려 있는 길이기에
하나의 낙오도
있어서는 아니 된다

길을 떠나자
우리 함께
길을 떠나자

길 · 2

아난다여 나는 지금 몹시
피곤하여 눕고 싶다
저 사라수 아래 가사를
네 겹으로 깔아다오
나는 여기서 열반에 들겠다

울지 마라 아난다여
한 번 태어난 생명은
죽기 마련이다

너희들은 서마나
자기를 등불로 삼고
자기를 의지하라
진리를 등불로 삼고
진리에 의지하라
이 밖에 다른 것에
의지해서는 아니 된다

인간이 인간으로
당당히 가야 할 길은
스스로 영원히 가는 것뿐이다

길 · 3

수천 년 전지전능한 신들은
뭇 생명의 재앙과 고통을
보고 침묵했다

수백 만이 가스실로 가며
최후로 하는 구원의 기도에도
답변이 없었다

이제는 초월적 힘에
영혼마저 다 바친
허무에서
벗어나야 한다
절대 권위에 꿇어 엎드려
굴종함에서도 벗어나야 한다

인간이 깨친
가치와 지혜만이
불확실함에서
벗어날 수 있다

눈 있는 자 눈을 뜨라!
귀 있는 자 소릴 들어라!
입 있는 자 말을 하라!

인간의 운명
인간 스스로 결정하라는 것!
그 길 밖에 없다는 것을……

나와 너

나와 너가 있다
나와 너는 둘이다

둘은 하나로
귀일하고
하나는 본래
없는 것이다

있음과 없음은
더 많은 나와 너를
있게 하고
무수한 하나로
시작한다

무수한 하나의
시작은
나와 너가
있기 때문이다

인과 · 1

누구나 하는 소리
콩 심은 데 콩 나고
팥 심은 데 팥 난다

지난 일들 돌아보니
무슨 말을 해야 하나

살아온 70평생
무엇을 심었길래
결산서를 올려보니
얽히고 설켜 있어
혼란만 일어난다

아무리 복잡해도
오차 없는 인과법칙因果法則
결과야 어떠하든
적자는 면해야지…

인과 · 2

전생前生을 알려면
현재를 보고
내생來生을 보려면
현재를 보라고 했다

현재는 과거와 미래의
인因이요
과果이기 때문에…

인연과 결과는
그림자 같아
선인선과善因善果
악인악과惡因惡果
인과의 공식이다

원망하지 말자
탓하지 말자
모든 책임
스스로 져야 한다

숲속의 사색

나는 누구인가?
지금 어떻게
살고 있는가

온갖 거짓과
욕심과 무지에서
헤어나지 못하는
못난이!

이 못난이가
숲속에 마냥 앉아
자신을 한없이
뒤돌아보고 있다

불이법문不二法門

그가 보이지 아니하여 물었다

뭇 중생의 병을 대신
앓고 있다고 한다
너무나 희귀한 병이라
문안을 다녀오라고 했다

십대제자 십대보살 모두가
감당키 어려워 못 가겠다고 한다
결국 문수보살이
대중과 함께 가게 되었다

천지가 진동할 세기적 사건이
벌어지게 된 것이다

혼자 있는 병상에 도착하자
문수보살님!
"오는 모습 없이 오고
가는 모습 없이 가는 것을
알아야 합니다."

유마거사님!
“오고 감이 본래 없는 것입니다.
이런 이야기는 그만 두기로 하고
병은 어디서 왔기에
이렇게 누워 계십니까?”

“나의 병은 중생으로부터 왔습니다.
보살과 중생은 둘이 아니기에
중생들이 저토록 아파하고 있기에
이렇게 앓고 있습니다.”

유마거사님!
“여기 온 보살들은 이렇게 알고
있습니다. 모든 법은 본래
이理와 사事가 둘이 아닌
하나라는 것을….”

“나와 너가 둘이 아니요
시작과 끝이 둘이 아니요
선과 악이 둘이 아니요

생과 사가 둘이 아니요
부처와 중생이 둘이 아니요
지옥과 천당이 둘이 아니요
시간과 공간이 둘이 아닌 것은
분별심이 없기 때문입니다."

"중생의 병이 끝나면
거사님의 병도
끝이 나겠습니다."

듣고 있던 유마힐
침묵해 버린다

"맞다, 이것이다!"
문수는 무릎을 친다

소유의 삶

빈손으로 왔다가
빈손으로 가는
짧은 인생

좋은 것은
영원히 갖고 싶어 하고
죽지 않고
영원히 살고 싶어 합니다

그러나 빈손으로 왔다가
빈손으로 간다는 관념에
굳어 버렸습니다

그런데 영원한 소유
잘 쓰면 영원히
자기 것이 되는 것을
보았습니다

영원한 삶
잘 죽으면 영원히

사는 것을
보았습니다

결코 빈손으로 왔다가
빈손으로 가는
짧은 인생이
아니었습니다

참회 속 여시아문如是我問

깨달음 전해 준 그 말씀
온누리 가득한데
우리는 그간
무엇을 했나

시공의 변화가
쏜살같은데
원망하지 말자
후회하지 말자
정신 나간 불제자
그간 너무 안일했다

중생을 구제한
깨침의 사자후
다 함께 스스로
들을 수
있을 때까지
피나는 정진이
요구된다

늦기 전에 다시
참회 속 여시아문
해야 한다

초가을

이른 아침 문틈으로
야릇한 시원함이
스며들고
무더위는 땅속에서
서늘히 묻어난다

설악산 대청봉에
붉음이 물들기
시작한다는
호들갑들이
전파를 타고 있다

며칠 후면
귀뚜라미 소리
창문을 두드리고
농부들의 발걸음
바빠질 것이다

벌떡 일어나
지나간 젊음

불러들여
봉화산 정상을
오르내려야겠다

추모비追慕碑

그렇게도 보고 싶고
그렇게도 만나고 싶은
분별심은
무한의 시공을
찾아 헤맨다
오늘의 나를 있게 한 두 여인
할머니와 아내

헤어진 지 오래이나
시작과 끝은 하나
우주를 넘나드는 손오공도
부처님 손바닥 위라
했다 하지 않나

과거 현재 미래가
공존하고 있는 여기
언제나 함께 있다는 것을
되새기며
두 사람을 기리는
추모비를 바라본다

서쪽으로 넘어가는
하루해는
내일을 기약하고
추모비는 미소로 답을 한다

흑장미

뜰아래
한 그루 흑장미
봉오리들이 웃음 띠고 있다

무심코 한 송이 꺾어들고
아내의 사진 앞에 서서
소리쳤다

"그대가 좋아했던 흑장미!"

이 한 송이로 지난 섭함
보상해 보려는 얄팍함은
오늘도 허공의
메아리가 되고…

긴 세월
온갖 아픔 묻어두고
웃음만을 주려 했던
그녀의 아린 가슴
자식과 남편

세상 모두에게
검게 타 버린 자신을
얼마나 알리고 싶었을까

고독과 기나긴
인내의 세월 속
모두 부질없음 알게 된 그는

흑장미를 그토록
좋아하게 되었단 말인가

그녀의 눈물

혼자 눈물 흘리고 있다
20개 성상 곧고 굳게
쌓아 올린 공든 탑이
무너지고 말았으니
분하고 슬퍼
울고 있는 것이다

뒤돌아보는 아픔
고동치는 가슴에
미래는 끊어지고
눈물은 더욱 폭포수가 되어
안으로 흐르고 있다

어떻게 해야 하나
어디로 가야 하나
갈 때도 올 때도 없는 허허벌판
다시 시작하는 길 밖에 없으니…

그녀의 나이 예순을 넘어
이제는 누군가의 힘이 절실한데

주변을 돌아보니
보이는 이는 아무도 없다

그래도 지난 세월
함께 쌓아 올린
원력과 간절한 기도가
불보살의 미소가 되어
그녀도 모르게 씻어주고 있어
참으로 다행스럽다

외로움

그 많은 사람 속에 살면서
어찌 이토록 외롭다 말입니까

함께할 가슴이 없는 것도 아닌데
오늘도 혼자 외로움을 달래고 있습니다

웃음 몸짓 모두가
찾고 싶은 간절함인데

그래도 찾고 있는 외로움은
오늘도 기다려 주는 데가 있어
참으로 다행스럽습니다

즉문즉답卽問卽答

'울음' 이라는
나의 시詩를 읽고

"이제 그만 우십시오!"

"보살菩薩의
대자대비大慈大悲는
울음이 상징인 것입니다."

"울음이 없으면
보살이 아니지요!"
라고 허풍을 쳤다

제 3 부

가슴에 묻은 아들 딸들아

가슴에 묻은 아들 딸들아

날씨가 좋아도 나빠도
교복 입은 학생만 보면
아빠 엄마는 눈물이 가려
그들이 보이질 않는다

구명복 입고 기다리라!
하지 않고 빨리 나가라!
소리 쳤다면
모두 살았을 터인데
너무 원통하여 문득문득
가슴을 치며 울부짖는다

5살 어린아이 안고
용감하게 빠져나온 한 소년은
"이 아이 부모와
오빠는 나오지 못했고,
담임선생님은 학생들 구하느라
남아 있어요!" 라고 했다

이 같은 급박한 일들이

수없이 일어나고 있는 물속
기울고 있는 뱃깃을 잡고
나오지 못해 울부짖는
이 절망의 소리들을
멍하니 바라만 보고 있던
우리들이 죽도록 원망스럽다

사랑하는 아들 딸들아
이 나라의 바다 속과
이 나라의 땅 위는
그 이후 시간이 멈추어 버렸다

그래서
다시는 이런 일이
다시는 이런 일이
있으면 안 된다는
노란 리본의 물결이
광화문 광장을 메우고
전국으로 퍼지고 있는 것이다

아들 딸들아
엄마 아빠는 너희들에게
비통하게 호소한다

조금만 기다리자
조금만 더 기다리자
새벽을 알리는 시계 바늘이
다시 움직일 때까지
조금만 더 참고 기다리자

수행修行의 열쇠

자루를 짊어지고
옆으로 가는 사람들
"선善도 생각 말고
악惡도 생각 말라" 한다

다섯 수행자에게 처음으로
"고행苦行도 하지 말고
쾌락快樂도 하지 말라"고 했다

거문고 줄이
느슨하면 둔탁함
탄탄하면
높은 소리가 난다

유무有無를 벗어나야
"구求하는 열쇠가 있다"
고 했다

청명한 밤하늘을 보라
무수한 별들이 수없이
속삭이고 있음을……

생명선언生命宣言

우리의 진면목이
본래 무엇인가?

그것은 대우주의 생명력!
시공時空을 초월한
영원한 평등과 자비의
모체母體이다

뭇 생명들은 이곳에서
유출流出된 생명들이다
이런 생명들이 하나같이
태어나는 순간부터 헤매고 있다

고통에서 벗어나는 길은 무엇일까
우리는 다시 돌아가야 한다
본래의 어머니 같은
큰 생명의 품으로 돌아가야 한다
온갖 얽매임에서 벗어나
본래의 그곳으로 돌아가야 한다

이 길은
고통 받는 작은 생명들도
함께 돌아가는 정도正道이기 때문이다

이제 작은 집착들 다 버리고
큰 나를 찾아가는
길 위에서 선언하자
"모든 생명은 하나이다!"라고

색즉시공 공즉시색色卽是空 空卽是色

비었다고 하는 공空은
있다고 하는 색色을
전제할 때 성립된다
무한 공간에서
우주가 형성되는 것은
이런 원리가 있기 때문에
이룩된 것이다

원리를 연기緣起라고 한다
연기는 공空으로부터 일어나는
필수적 현상
시종始終이 없는
영원한 법칙인 것이다

우리 모두 갖고 있는
몸뚱이는 본래 없는 것
공空에서 색色의 인연작용
색色은 다시
인연 다하면 본래의
없음(空)으로 환원된다

있다(色) 없다(空)가
이 대우주 공간에서
쉬지 않고 반복하고 있음이
색은 곧 공이요 공은 곧 색
색즉시공공즉시색色卽是空空卽是色이다

무애진인無碍眞人

"어디로 가려 하느냐?"
"하남이나 하북입니다."
말이 떨어지자
황벽黃檗스님 대뜸 후려치며
장소에 구애됨을 경계한다

순간 제자인 임제臨濟도
스승의 멱살을 잡고
손바닥으로 똑같이 때려준다

스님은 그만하면 됐다 싶어
시자에게 명한다
"백장스님이 물려준 선판과 경장을
전수해 주라."
이때 임제는
"그것은 진리가 아니다 불태워 버려라!"
스승은
"그 말도 맞지만
후일 전법傳法 시비是非에
증거가 되니 갖고 가라" 고 한다

무애진인無碍眞人들의
마지막 헤어짐
참으로 감격스럽고 눈물겹다

지금도 하북 임제원 옛 나루터엔
사람 실어 나르던 기념탑과 비석
이 탑과 비석이 배가 되어
모두를 건너 주고 있다

속도조절速度調節

사람에겐
두 가지 유類가 있다
하나는 젊은 늙은이요
하나는 늙은 젊은이다

늙은 젊은이는
언제나 쓸모가 있지만
젊은 늙은이는
어디에도 쓸모가 없다

이 젊은이와 늙은이의
속도조절
밝음과 어두움의
영원한 교차점이다

이 속도조절
누가 해야 하는 것일까?
전부 각자 자기 몫임을
알아야 한다

정토원 백일홍

봉화산 정토원
백년 수령 백일홍
덩치가 용같이 생겨
'용틀임' 이라 전해 온다

100일간 피는 이 꽃은
산야를 물들이고
시방을 잠 깨우며
해마다 껍질 벗는다

무명해탈 보여주며
보는 이의 근기根機 따라
꿈을 주고 희망 준다

이제는
전법 방편 무궁하여
하늘을 날을
용천龍天을 준비하나 보다

참을 인忍

지난 시간들이 희미하여
보이질 않는다
보이지 않는 곳은
전부 안개 속이다
안개는 참지 못한 곳에
일어났다

보고 싶은 것 참고
먹고 싶은 것 참고
듣고 싶은 것 참고
갖고 싶은 것 참고
하고 싶은 것 참고
모두 참고 참았으면
수없이 반복되는
맑고 밝은 햇살이
눈부시게 빛났을 터인데…

모두 놓쳐 버린 여기
설 땅 하나 없는
허허공간

지난 후회로움
참회하고 있다

참아야지!
일인백락一忍百樂
한 번 참으면 백가지 낙이
있다고 했다
이제는 참아야지!

배고팠던 지난 이야기 · 1

먹지 못한 아이들 가슴뼈만 앙상하고
누런 콧물 입술 위에 흐르면
재빨리 혀끝으로 빨아먹던
가난과 무지가 머물고 있을 때 이야기

하루 종일 먼 길을 걸어서
귀한 손님이 찾아왔다
그 집 가모家母는 생각다 못해
조상祖上 단지 쌀을 긁어내어
겨우 밥 한 그릇 지어 손님에게 대접하며
"찬이 없으니 물에 말아 다 드십시오."

이것을 보고 있던 코흘리개 아이
"엄마, 나도 밥!"
어미는 아이에게 귓속말로
"손님 먹다 남으면 줄 터이니 조금만 기다려라."
그 시절 음식 남겨주는 것이 통례이었기에…

아이는 문틈으로 들여다보며
침을 삼키고 있는데

허기에 지친 손님 체면을 뒤로하고
부족함 채우려고 남은 밥그릇에
물을 붓고 말았다

기다리던 아이
하늘이 무너지고 땅이 꺼지는 실망감에
"엄마 물 부었다! 손님 물 부었다."

어미는 급히 우는 아이의 손을 잡고
집 뒤로 데리고 가는데
그의 가슴에도 맺힌 소낙비가 퍼붓고
배고픔의 뇌성이 함께 울고 있었다

배고팠던 지난 이야기 · 2

초등학교 3학년 학급에 수업이 시작되었다
담임선생님 교단에서 책을 펴며
전체 학생을 내려다보았다

한 학생이 꾸벅꾸벅 졸고 있기에
가까이 갔으나 여전하다

선생님이 졸고 있는 학생을 깨우려 하니
온통 술내음이 주변을 진동시키고 있다

화가 난 선생님
"어린놈이 아침부터 술을 먹어! 일어나!"
소리도 무섭게 실컷 때려 주었다
아이는 그래도 아무 말 없이 고개만 숙이고 있다

머리 끝까지 화가 난 선생님
"따라와!"
교무실까지 끌고 갔으나
여전히 말이 없다
"손들고 거기 서 있어!"

아이는 손을 들면서
"배고파서 먹었어요."
"배고픈 놈이 술을 먹어!"
더욱 선생님은 화가 났다
"배고프면 밥을 먹어야지 술을 먹어?"

"어머니가 쌀이 없어 아침에 술도가에 가서
술찌끼를 갖고 와서 끓여주며
밥 대신 먹고 가라고 해서 먹었어요."

그 순간 선생님은 말문이 막혔다
몽둥이로 뒤통수를 맞은 듯
멍하니 허공만 바라보던 선생님
아이를 덥석 품에 안고
"내가 잘못했다 선생님이 잘못했다."

선생님의 목메인 소리에
사무실 안의 모두는
화석化石이 되고 말았다

배고팠던 지난 이야기 · 3

선생님이 어린 학생에게
가난하고 배고팠던 이야기를 했다

한 학생
"선생님 그러면 라면
사 먹으면 되잖아요."

덩치 큰 한 학생
"선생님 햄버거도 있잖아요."

다이어트한다는 학생
"선생님 피자도 있어요."

한 여학생
"선생님 떡볶이!"
남학생
"아니야 떡볶이는 매워!"

50년 전의 배고팠던
그때 아이들이 있다면

외계인의 소리 같아
알아들을 수 있을까?!

막걸리 한 잔

해질 무렵
인사동 골목
끼리끼리 왁자지껄
오늘 따라 하루가 길어
혼자 앉아 못 먹는 막걸리
한 잔을 했다

있었다 없었다
좋았다 싫었다
죽었다 살았다

지난 과거사가
빙빙 돌더니
전부 막걸리가
되어 버렸다

이 못난 멍청아
모두 다 잊고
한 잔만 더해 보아라
지옥 천당
따로 있는 것
아니다이…

무제無題

저녁에 들여다보니
붉으레 웃고 있다

아침에 들여다보니
앗! 우째 이런 일이?

희멀건 눈을
껌뻑이고
풀떼죽이 되어 있어
할 말이 없다

*풀떼죽 : 보릿고개 배고픈 시절 풀이나 나무껍질로 쑤어서 먹던 죽.

막힌 4대강

한여름 실개천 옆에 앉으면
어쩐지 시원함에 땀이 식는다

찌는 더위 저수지 둑을 거닐면
땀이 비 오듯 한다

수만 년 흐르던 4대강
흐름을 막았으니
더울 수밖에 없지 않는가

강의 흐름은
뭇 생명의 젖줄이요
온갖 부정不淨 씻음이요
역사문화 창조의 동맥이요
전체를 소통하는 민심이다

이 흐름 막았으니
곳곳에서 수많은 생명이 죽어가고
소통 없는 대지는 숨통이 막힌다

아직도 잘못을 모르니
어찌 하면 좋단 말인가?
강물은 영원히 흘러야만 하는데…

자연은 나, 나는 자연

타방他方 불보살들이
부처님께 고했다
"시방十方 중생제도는
부처님 멸滅 후 우리가 하겠습니다."
"그런 소리 하지 말라!"
그때 천지가 진동하며
무수한 불보살이 지상에 나타났다
법화경 종지용출품從地踊出品의 내용이다

봉화산 중턱에
이를 상징한 부처님이
모셔져 있다
구제할 자도 구제 받을 자도
먼 곳에 있음이 아니라
모두 함께 있다는 뜻이다

이렇게 땅에서
솟아나고 있는 부처님
우리에게 다음과 같이
간절히 전해 주고 있다

산천초목山川草木

두두물물頭頭物物

모두 부처와 보살

자연은 나, 나는 자연!

업보業報

몸이 곧으면
그림자 곧고

부드러운 말
메아리 순하다

선인선과善因善果
악인악과惡因惡果라 했다

타력으로 구원求願 받으려
하지 말고
스스로 원력願力 세워
자력으로 이룩하라

지난 과거 뒤돌아보면
너가 지은 모든 일들
너는 알 것 아닌가

제 4 부

돌섬 독도야

돌섬 독도야!

온갖 침략의 노략질
전부 삼키며
두 손 불끈 쥐고 험한 파도 속에
평화의 소녀상같이
앉아 있는 돌섬

힘없는 나라, 나약했던 지난날
통째로 계속 밀려오는 폭풍우
이를 참고 견뎌낸 당당함
그 자태 앞에
고맙고 죄송하여 한 발 딛고
오르기가 송구스럽다

그간 국토를 지켜야만 하는
숙명적인 의무가
KOREA라는 국토를
이토록 지키고 있어
자랑스러워 말문이 막힌다

오늘 우리는 이곳에서

이렇게 외치고 싶다
강해야 한다!
힘이 있으면 파도도 잠을 재운다

남과 북이 통일되어
영원히 강해지는 법을
찾도록 하자! 라고…

아~
2000m 깊은 수심에
한라산보다 큰
뿌리를 박고
동쪽을 지키고 있는
수호신 독도

반만년 역사 속에 우리 모두
위대한 불멸의 혼을 지닌
공동운명체임을
다시는 잊지 말자
돌섬 독도야!

분단의 방황

일제강점기
나라 찾아 헤매던
그들이 부럽습니다

주린 배 움켜쥐고
뛰어다니던 그들이
오히려 행복했던 것 같습니다
찾는다는 희망 속에 살았기에
보람도 있었을 것입니다

우리는 지금 하나 된 나라를
어디서 찾아야 합니까

갈라진 땅 위에
남쪽에는 눈치 보다 잠들어 있고
북쪽에는 들어갈 수도 없어
찾는다는 희망은
꿈같은 표현입니다

가로세로 첩첩이

싸이고 싸인 안개 속
시야는 완전히 가리어져
몸들은 다 지쳐 버렸습니다

어디를 가야 합니까
우리 모두 하나 된 나라 찾아
어디로 가야 합니까?

불가사의不可思議

한여름 개미가 길을 가고 있다
갑자기 소낙비가 쏟아져
가는 길 흙탕물이 막아 버렸다

할 수 없이 높은 데를 찾아
자꾸 올라갔다
완전히 사방이 물바다가 되어
생사의 갈림길에 놓이게 되었다

이런 급박한 순간
놀라운 일이 생겼다

어디서 어떻게 왔는지
파리란 놈이 나타나 여유롭게
양팔로 눈을 비비고
앉아 있는 것이 아닌가

개미로서는 기상천외奇想天外
불가사의不可思議한 일이
일어난 것이다

인간사 많은 불가사의하다는 것
개미의 불가사의함에
비유해 봄이 어떨까

영원한 생명

죽음을 알면
죽지 않고
죽음을 모르면
죽는다고들 한다

알아도 죽고
몰라도 죽는 것이
모두의 생명인데
어찌 그리
분별이 심할까

수수억겁
얽히고설킨
업보가 이제는
본래의 생명으로
나툴 때가 되었는데
아직도 이토록
헤어나질 못해
허공을 헤매고 있다

답답하여
소리소리 쳐본다
무량수 무량광
나무아미타불!

나는 누구인가 · 1

늙은이 잠이 없어
사념 속에
산사 뜰을
거닐고 있다

창공에 떠 있는
송편달은
부풀어 오름이
눈으로 보이는데…

끝 더위
씻어주는 서늘함
온갖 삼라만상
잠들게 한다

멀리 들리는
귀뚜라미 소리
또 다시
잊었던 자신을
뒤돌아본다

나는 누구인가?

오늘 따라
답답이 더하여
짧은 밤이
될 것 같다

나는 누구인가 · 2

앙상한 나뭇가지
봄바람 만나
부푸는가 했더니
녹음緣陰 속
새, 벌레
황금색 낙엽
벌써 겨울은
차례를 기다린다

이토록 머물지 않는
대자연 속
사대四大*로 뭉쳐진
인연因緣 주머니가
내 것도 아닌데
내 것이라 하고 있다

나는 누구인가
진정 나는
누구인가?

*사대 : 지수화풍—地 · 水 · 火 · 風

넘어짐

어린이의 넘어짐은
일어나기 위함이다

늙은이의 넘어짐은
사라지기 위함이다

일어나고
사라짐은
판이判異하다

그러나 영원한 시간 속엔
이 두 넘어짐이
하나로 귀착됨을
우리는 잊고 있다

대우주의 주인

고요히 정좌定座하고
밤하늘 수많은
별들을 보고
숨을 크게 하여 보라

큰 공간
떠 있는 별들
더 크게
가슴 속으로 빨아들여
새로운 우주를
만들어 보아라

행여 변화가 없다면
깊게 더 깊게
호흡을 크게 하여 보아라

대우주의 주인이
따로 있는 것이 아니다
큰 숨 크게 쉬며
크게 노는 놈이

주인 없는 대우주의
주인이 되는 것이다

가을 산행

세찬 회오리
낙엽 한없이
떨어짐을 본다

깜짝 놀라 걸음을 멈추고
망각했던 자신을
뒤돌아보니
그토록 푸르렀던 몸뚱이
허연 희수喜壽 되어
앙상한 가지만
드러내고 있다

떨어지는 낙엽
한 잎 두 잎 밟으며
정리되지 않는 끝맺음
깊이 생각하게 한다

지난 과거
앞뒤 없이
무수히 뛰어다니던

그 많은 허욕의 나래가
나이에 꺾이어
소리 없이 다가온다

죄罪

밝게 행동하면 기쁨
어둡게 행위하면 고통

어두움의 행동을
죄라 한다
죄는 본래 실체가 없다

스스로 지어서
스스로 거둔다

이름뿐이다

허수아비

허허벌판에 서 있다
생각도 방향감각도 모르고
말없이 서 있다

어디서 왔는지
어디로 갈 것인지
서글프기만 하다

뒤돌아보니 함께 할 인연
사방에서 불어오는 바람뿐
오늘 따라 그것도 잠잠하다

꼭두각시 놀음
이제사 깨닫고
안으로 흐르는 눈물은
대지를 더욱
마르게 하고 있다

친구

궂은 일만 있으면
찾아가는 친구가 있다
한가하면 잊고
급하면 찾게 되는 친구이다

이런 이기심
한 번도 탓하지 않고
한결같이 대해 주니
할 말 잊게 한다

이토록 괴로움만 주는데도
어쩌다 TV에 내 모습 비치면
"친구 뉴스에 나왔다!" 며
소리소리 기뻐하며
식구들 놀라게 한다고 한다

일흔일곱 이 나이에
시인詩人 등단을 전했더니
"보아라 그 친구 큰일 했잖아!"
어린 아이같이 좋아했다고 한다

좋은 글 쓰라며
이태준 문장강화
진경시대 문화자료
유명시집
한 보따리 구입하여
택배로 부친 후
도착여부 시간마다
확인하는 친구이다

지난 매미 태풍 때
봉화산 불상이
크게 상처를 입었다
재원이 없어 고민에 잠겼을 때
이를 알고 급히 수습해 주면서
이런 일은 자기 몫이라고 했다

고사에 나오는 춘추시대
관포지교管鮑之交 같아
시간이 갈수록 친구 품으로
빨려든다

기다림

기약 없는 기다림이 있다
기다리다 지치면
포기하면 될 것을…
그러지 못하니 안타깝다

기다림은 메아리와 같이
허무한 것인데
만나야겠다는
강렬한 욕망은
마음의 눈을 멀게 하고
집착의 노예로 만든다

손바닥같이 좁은 세상
헤어짐과 기다림
부처님 손바닥이라는데

진정한 기다림은
어찌 이리 허공을
맴돌게 하는가

망각忘却

그래!
핸드폰 찾으면
다시 연락할게…

아니 잠깐 기다려봐!
조금 전에 여기 있었는데
어디 갔지?
아무리 찾아도 없잖아!
틀림없이 있었는데…

이 바보!
지금 손에 들고
통화하고 있으면서…

늙은 젊은이

"종착역입니다
일어나세요!"

엉겁결에 눈을 뜨고
주변을 살펴 보니
텅 빈 자리 부산역 밤안개
들어와 앉는다

"지금 몇 시지요?"
"23시 55분입니다."

그토록 '늙은 젊은이' 라
뽐내고 다녔는데
오늘 따라 참으로 고단했던 모양이다

고마운 승무원 뒤로 하고
멍하니 광장까지 나왔으나
세상은 여전히 뿌연 안개 속이다

오늘 새벽예불 마치고 첫차를 탔다

서울 도착 강남북 뛰어다니며
하루 종일 분주했다

종종걸음으로 되돌아
다시 기차 타고
밀양역에서 환승한다는 것이
깜박하여 이 지경이 되었으니…

길 건너 머물 곳을
실눈으로 바라본다
몸이 꼬이고 한없는 짓눌림 견디며
지하도 지나 여관을 찾는다

휴가철 만원사례 곳곳에 붙어 있어
초점은 사라지고 다리는 천근
피로는 자리를 펴고 바닥에 주저앉는다

그래도 동쪽 연륙교 바라보니
젊음으로 가는 길
훤히 트여 있어 참으로 다행스럽다

대선공약

동족상잔同族相殘의 전쟁 이후
억눌림과 배고픔의 연속
"못 살겠다 갈아보자!" 대선공약
물거품 되고 말았습니다

이때부터 빨간 색깔 위협이
나라 다스리는 보도寶刀가 됐습니다

한강의 기적에 최면 걸린 국민들
자유는 꿈으로 살았습니다

"우째! 이런 일이!!"
나라가 부도났습니다
금반지 금붙이 모으는 민초들의
정성이 줄을 이었습니다

햇볕정책 포용정책 계속 나와
분단의 아픔이 치유되려 했습니다

그러나

정권이 바뀌면서 4대강을 막아
소통을 끊고, 인공으로 만든
물고기 헤엄치게 했습니다

통일대박! 소리는 메아리가 되고
개성공단 가는 길 차단해 버렸습니다
전쟁이 난다고 했습니다
뿌연 안개 속 나침판 없는 항해
나라의 선장은 허수아비였습니다

1700만 촛불이 거리로 나왔습니다
이것은 인류사에 없는 국민이 주인임을
깨닫게 한 위대한 촛불혁명이었습니다

그래서 국민에게 공약했습니다

나라다운 나라 만들겠습니다
사람이 먼저인 나라 만들겠습니다
70년 분단의 아픈 상처 통일 길 틔워
치유하겠습니다

높낮이 국민의 삶을 고루 살도록 하겠습니다

대통령 공약公約 빌공자 공약空約
되어서는 아니 됩니다

그러나
국민은 최선을 다하는 진정성 있는 모습 다 알고 있습니다
두 쪽 나 있는 국토 화쟁和諍으로 정치생명 걸고 해결하며,
'사람이 먼저' 라는 도덕성에 박수를 보낸다는 것을
잊어서는 아니 되겠습니다.

등불대박

매년 부처님 오신 날
대통령 돌아간 길 위에
등불을 밝혔습니다

3년 전부터
국회의원 전원
올해는 나라 책임진 내외와
각부 장관 시도지사
그리고 사법부 수장
심지어 북쪽을
다스리는 부부까지
기원등을 달았습니다

"야, 높은 사람들 연등
이렇게 많이 달았으니
등불 대박났겠다!"

"예, 대박났습니다.
들어보십시오."

일제강점기
삼대독자 아들
남양군도 험지險地에
징용 보낸 어머니
매일 밤 장독대 불 밝혀
정화수井華水 올려놓고
"제발 살아만 돌아오게 하여 주시옵소서!"

이 어머니의 간절함을
재물로 따질 수 있겠습니까?

70년 가까이
강대국들에 의하여
갈라진 국토
부모형제 맞댄 총부리
이젠 사라져야 합니다

이 어려운 통한의 역사를
우리 대신 해결하고 있는
현역들에게

"지혜와 광명
평화와 통일의 큰 힘 내려주소서!!

장독대 불 밝힌
그 어머니 같은
심정을 흉내라도
내고 싶어
많은 등불 정성들여
남 모르게 밝혔더니…

"등불 대박났다!"
하고 있습니다

여래사의 삶, 발심과 전법 그리고 문학 인생

— 선진규 시인의 삶과 작품세계

김 재 엽

정치학(북한학) 박사 · 한국불교문인협회 사무총장

들어가며

노무현 대통령의 참여정부가 5년차 임기 마지막 해를 보내면서 17대 대선정국에다 레임덕에 밀려 국정장악력에서 상당부분 힘을 잃어가던 2007년 8월 하순 어느 날, 한국불교문인협회 임원 10여 명이 봉화산 정토원에 모였다. 협회 김두희 회장께서 전임 림영창 회장의 별세(2001.01.25.)로 이어받은 회장직도 어느덧 6년이 지나 후임 회장으로서 협회 운영을 책임질 만한 인사를 물색하던 차 장봉호 부회장께서 전년도에 상임고문으로 위촉하여 입회시킨 선진규 봉화산 정토원장을 적극적으로 추천함으로써 이루어진 임원회의 성격의 자리로서 필자 또한 이날 처음으로 선진규 원장을 뵙게 되었다. 그런데 선진규 원장께서는 당시 민주당 노인위원장으로서 최고위원의 중책을 맡고 있는 상태라서 당시로서는 문학단체에 관심을 가질 수 없는 상황임을 알리고 훗날 좋은 기회에 좋은 인연으로 협회 운영에 참여하겠다는 완곡한 고사의 말씀을 피력함으로써 김두희 회장께서는 이후 4년이나 회장직을 더하였다.

그리고 2011년 5월 14일 제25차 한국불교문인협회 정기총회에서 필자를 포함한 5인의 회장추대위원회가 구성되었고 만장일치로 선진규 회장추대서를 작성하여 5월 22일 전달하였다. 이어 6월 10일 마포구 서교동 사무실 인근에 조촐하게 마련된 취임의 자리에서 선진규 회장은 "향후 일 년간은 추대위원들을 비롯한 운영위원들께서 회장 직무를 공동으로 책임져 줄 것"을 부탁하고, "불교 믿음을 근간으로 작품 활동하는 협회 성격상 편협된 생각은 버리고 불교를 폄하하지 않는 문인이면 모두 받아들여 포용력을 갖고 운영해 나갈 것"을 다짐하며 정식으로 한국불교문인협회 회장으로 취임하여 오늘에 이르고 있다.

동시에 필자는 협회 사무총장으로 선임되어 지근거리에서 선진규 회장을 현재까지 보필하고 있다. 선진규 시인은 78세 때『한국현대시문학』여름호(2011.06.01, 홍윤기 추천심사)에 시부문 신인으로 추천되어 지금은 한국문인협회와 국제PEN 한국본부 등 문학단체의 회원으로서 문단활동을 하고 있다. 더불어 필자는 그간 선진규 회장의 문단 일에서부터 가족사까지 사사로운 일뿐만 아니라 정당 사회단체와 관련된 업무까지 제반사항을 공유하는 데 이르렀기에 이 시집을 상재함에 있어 발문을 집필하게 되었다.

본고에서는 선진규 회장의 불교 포교사(법사)로서의 불교 인생과 시인으로서의 문단활동을 망라하여 필자가 아는 내용 모두를 상세하게 기술할 것이며, 시집의 발문인 만큼 특별한 경우를 제외하곤 호칭은 '시인'으로 쓸 것임도 밝혀둔다.

고행의 청소년시절, 전장에서의 깊은 사유

선진규 시인은 1934년 우리 민족 말살책이 극으로 치닫던 일제강점기 시절에 어느 가난한 농부의 집에서 3대 외동의 장손으로 태어났다. 당시는 3명의 아이가 태어나면 한 명 꼴로 홍역 또는 기타 질병으로 죽어가던 때다. 이때 신심이 돈독한 선진규 시인의 할머니께서는 명이 짧은 손자라며 애지중지 등에 업어 키웠고, 좀 더 자라서는 손자의 손을 잡고 멀리 있는 절에 데리고 가서 "부처님께 절하면 명이 길어진다"고 당부하며 부처님께 절하는 법을 가르쳤는데 이것이 선진규 시인에게는 불교와의 첫 인연이 된다.

집안이 곤궁하여 생계마저 위협받던 시절인지라 선진규 시인의 선친께서는 일본 홋카이도 탄광 인부로 돈을 벌러 떠났고 곧이어 그곳으로 아내와 자식 모두를 불러들였다. 그리고 제2차 세계대전이 절정으로 치달아 수많은 사람들이 징용으로 탄광에 강제로 차출되어 모여들 무렵, 선진규 시인의 선친도 같은 취급을 받게 되자 곧장 가족 모두를 데리고 일본 본토의 고타나카(小田中)라는 농촌 마을로 이주하여 이곳에서 농부로 일하며 생계를 꾸리다 1945년 8월 해방을 맞아 가족 모두 귀국하게 되었다.

당시 국내에 홀로 계시던 할머니께서는 자그마한 암자를 지어 수행하고 계셨는데 덕분에 귀국과 더불어 가족 모두가 이곳에서 정착하며 생활하게 되었다. 선진규 시인이 초등학교를 졸업하고 중학교에 진학하여 3학년 재학중이던 1950년 6.25 한국전쟁이 일어났다. 당시 각 학교마다 의용군 모집이 있어 비교적 키가 컸던 선진규 시인도 상급생을 따라 트럭에 실려 부산 동래까지 갔다는데 "너는 아직 어리니 집에 가라!" 고 돌려보내 귀가하였다지만 가족들에겐 큰 걱정을 안겨 일대 소동이 일었다고 한다.

전장은 북한 인민군이 거침없이 낙동강까지 내려와 진을 치고 서쪽으로는 마산 진동까지 밀고 들어옴으로써 김해와 부산은 피란민과 후퇴한 군인들로 인산인해를 이뤄 그야말로 아비규환이었다. 이 상황에서 선진규 시인의 가족이 기거하던 암자 뒷산에 미군부대가 주둔해 천막을 쳤는데 절마당까지 그들의 주둔지가 되어 버렸다. 이때 할머니께서 "이제 우리는 다 죽는다. 손자 하나만은 살려야겠다" 며, '미군을 따라 보내면 나중에 미국으로 갈 수 있을 것' 이라는 판단으로 통역병에게 "제발 우리 3대 외동 장손만은 살려 주소" 라며 매달림으로써 선진규 시인은 미군 24사단 일선보급부대 군속으로 따라가게 되었다.

그리고 이틀 후, 부대는 울산 어느 야산에 주둔하게 되었는데 그곳도 피란민과 군인들로 포화상태였다. 취사장에서 청소하고 그릇 닦는 일, 감자 깎기, 부식 다듬기 등이 주된 임무였는데 날이 갈수록 일이 늘어나 혹독한 노무자가 되었지만 살아남기 위해 참을 수밖에. 어린 시절 그토록 배가 고파 죽을 지경이었건만 미군 부대에는 먹을 것이 무진장 많아 참으로 풍요로웠고, 맛있는 과자, 빵, 고기 등이 배식되면 부모님과 동생들 생각에 한없이 눈물을 흘렸다.

9.28인천상륙작전이 성공함으로써 전세가 뒤바뀌어 주둔지를 경주로 옮겼는데 인민군이 들어왔다가 후퇴한 곳이었다. 다시 하루가 멀 정도로 북진하여 영천, 경산, 대구를 지나 신동, 약목, 영동, 서대전에 주둔하였다. 낙동강을 건너면서부터는 전쟁을 치른 폐허와 죽은 시체에다 아직도 불타고 있는 가옥들이 너무도 처참한 모습이었다. 하루가 멀게 천막치고 거두며 장호원, 이천, 수원을 지나 영등포교도소 자리에 진을 쳤다가 38선을 넘는다는 소리가 들려오고 줄곧 이동하여 새벽에 도착한 곳이 개성이었다. 개성에서 하루 지나 해주에 주둔하고, 3일만에 평양비행장, 그리고는 평안남도 숙천의 어느 과수밭에서 1개월 정도 머물렀다.

이곳에서 같이 근무하던 군속이 장교용 45구경 권총을 분해해 닦은 후 탄창에 총알이 들어있는 줄도 모르고 장난삼아 앞에 앉아 있는 선진규 시인을 향해 방아쇠를 당겼다는데, 불이 번쩍하는 순간 정신을 잃고 넘어졌다가 깨어 보니 야전병원이었다고 한다. 총알이 왼쪽 볼을 스치고 귀 뒤로 관통했으나 다행히 생명에는 지장 없이 당시 평양에 주둔하고 있는 미8군 야전병원에서 치료후 상처는 아물었다.

전황은 전진에 전진을 거듭하여 그해 12월 말에는 청천강을 넘어 평안북도 박천博川 벌판에 주둔해 꽁꽁 언 땅에 쇠말뚝을 박고 천막을 친 후 슬리핑백에 들어가 잠이 들 무렵 갑자기 중공군이 가까이 내려왔다며 긴급후퇴 명령이 떨어졌다. 1.4후퇴가 시작된 것인데 선진규 시인을 비롯한 군속들에게도 무기가 보급되었다. 후퇴 도중 후방에서 전투가 있었다는 소식도 들려오고 참으로 긴박한 순간의 연속이었다. 길거리 거리에서 수많은 피란민들의 울부짖음을 보면서 그가 3일간 트럭을 타고 남하하여 도착한 곳이 경기도 의정부였다.

의정부에서 10여 일만에 다시 후퇴하여 양평, 원주, 청주에 머물다가 또 다시 전세가 바뀌어 청평, 화천으로 북진하던 1953년 초였다. 휴전 협상이 시작되고, 3월에는 이승만 대통령이 휴전회담 중이니 학생들은 모두 학교로 돌아가라는 명령이 있었다는데 선진규 시인은 이 소식을 뒤늦게 전달받고 8월에서야 귀가하여 곧바로 복학을 위해 부산으로 거처를 옮기게 되었다. 그에겐 전쟁을 겪으며 신체적으로나 정신적으로 많은 변화가 있었다. '같은 민족끼리 왜 싸워야 하나?', '잘못도 없는 선량한 국민들이 무엇 때문에 수없이 죽어야만 했는가?' 착시처럼 스쳐 지나가는 피눈물로 울부짖던 피란민 행렬, 수많은 시체 더미에서 보아온 주검들의 처참한 몰골과 소름 끼치는 공포 분위기, 그리고 강대국들의 싸움판이 되어버린 한반도를 되새겨 보았다.

그러고는 선진규 시인은 부산에서 고등학교를 다니게 되었고 주말마다 집을 오갔는데 그의 눈에 비친 거리는 휴전중이라지만 전쟁의 연장선상으로 보였다. 특히 부모를 잃고 거지가 되어 몰려다니는 어린 군상들, 가족을 잃고 방황하는 노인들, 부상당해 몰골이 흉물스런 상이용사들, 피란 와서 살기 위해 소리 지르며 골목을 누비는 노점상 등 모두가 불쌍하고 안타깝기만 했다.

하루는 부산진역에서 귀가길 기차를 기다리다 몰려다니는 한 무리를 보고는 "얘들아 너희들 나와 한 번 이야기하자" 고 접근하여 두려움을 느끼며 피하던 이들과 의형제를 맺으며 친해졌다. 그리고는 집에서 동생들이 입던 옷가지를 비롯해 먹을거리를 갖다 주다가 자력으로 한 번 일어나 보라고 구두 닦이통과 작은 지게를 구해 주어 짐꾼 노릇도 하게 했다.

토요일엔 이들과 함께 돈벌이도 했다. 그러나 이런 일로 그의 마음 속 깊이 내재되어 있는 심적 갈등을 해소할 수는 없었다. 다니는 학교도 학업 자체가 무의미하다고 느껴져 더 이상 다니고 싶지 않았다.

초발심

선진규 시인은 복잡한 내면의 갈등 속에서 나름대로 해결책을 찾고자 심사숙고하다 결국 찾아간 곳이 절이었다. 매일 하숙집에서 나와 학교는 가지 않고 시내 암자를 찾아 법당에 들어가서는 "부처님, 이 일을 어떻게 해결하면 좋겠습니까? 저 불쌍한 수많은 사람들을 어떻게 하면 구할 수 있겠습니까?"라 외치며 엉엉 울었다.

어느 순간 이곳 스님이 다가와 "학생 왜 울고 있나? 연애에 실패했나? 부모님이 돌아가셨나?"라고 물었다는데 그의 생각과는 너무나 동떨어진 질문인지라 "아닙니다" 하고는 물러나와 다시는 그 절에는 가지 않고 다른 절을 찾았다. 이런 사실을 담임선생님께서 아시고는 불러 세우더니 "선 군은 일선 전쟁터를 다녀왔기에 생각이 깊은 학생이라 상담은 필요 없다고 생각하지만 왜 학교를 나오지 않는가?"라고 묻더라는 것이다. 그래서 그의 심적 갈등을 소상히 말씀드린 후 "스님이 되어야겠습니다"라고 말하자 선생님은 깜짝 놀라면서 "그렇다면 좋은 정치인이 되어 보라!"고 권하셨다. 하지만 "그런 생각은 하지 않습니다. 근본적인 것은 정치로 해결되지 않습니다. 모두 마음을 고쳐야 한다고 생각하는데 마음 고치는 방법을 찾고 싶습니다"라고 말하자 선생님은 "허허, 꿈같은 소리야!"라며 어두운 표정을 지었다고 한다. 이때가 바로 선진규 시인의 초발심이 불꽃처럼 일어난 때가 아닌가 싶다.

《화엄경》의 핵심 내용을 추린 「법성게」에는 '초발심시변정각初發心時便正覺' 이라는 구절이 있는데 '처음 발심한 그때가 바로 정각正覺을 이룬 때' 라는 뜻을 담고 있다. 초발심의 순간은 일체 공덕이 다 갖춰져 '내가 이미 부처' 라는 절대 확신의 단초를 제공한다. 해탈에 도달하고자 하는 모든 불자들이 가슴 한 편에 간직하고 있을 초발심, 바로 그것이다.

선진규 시인은 2학년 말 고민 끝에 집으로 돌아와 짐을 챙겼다. 그때 잘 알려져 있던 동국대학교 총장으로 계셨던 권상로 스님을 찾아뵙기로 결심하고 서울 조계사(당시 태고사)를 찾았다. 조계사는 입구 쪽 한쪽 지붕이 폭격으로 허물어져 나갔고, 스님은 요사채의 작고 컴컴한 방을 사용하고 계셨다.

학생이 한 명 찾아와서 "중이 되고 싶어 스님을 찾아왔습니다"라고 청하니 스님께서는 "뜻은 훌륭하나 이곳은 대중도 없고 먹을 것도 없으니 학생을 받을 수가 없다. 그러지 말고 다니던 고등학교를 졸업하고 정식으로 동국대학교 불교대학에 들어가서 대학을 졸업한 후에 승려가 되면 더욱 좋을 것 같다" 고 출가의 길을 소상히 밝혀 주었다.

그래도 고집스럽게 "이곳까지 스님을 찾아왔는데 저 하나 받아 주실 수가 없습니까?"라며 눈물로 간청하니, "학생, 울지 말고 내 말을 듣는 것이 학생의 미래를 위해 좋을 것이다"

라고 타이르자 더 이상 말을 잇지 못하고 집으로 돌아갔다. 그 후 선진규 시인의 공부 목표는 오직 동국대학교 불교대학을 진학하는 것이었고, 그때부터 이미 일반 학생과 달리 머리만 깎지 않았을 뿐 출가한 불교학도란 마음가짐을 갖게 되었다.

그리고 스스로가 심적으로 외딴섬에 홀로 있는 사람이 되어 더욱 심한 고독과 고뇌의 나날을 보내며 동국대학교 불교대학에 입학하는 것이야말로 곧 승려가 되는 관문이라 생각하였다. 때문에 입학시험에 합격하여서는 남산자락 판잣집에 하숙을 정해 놓고 외롭게 숲속으로 들어가 출가자의 고뇌와 세상을 떠나는 섭섭한 마음을 계속하여 울음으로 달랬다.

선진규 시인은 1학년 1학기말 학과 선배들의 주선으로 불교대학 기숙사인 기원학사에 들어가게 되었다. 이곳에서도 동료들과는 다른 길, 자신의 길은 세상 모두의 고통을 해결해 주어야 할 의무를 가지고 들어왔기에 모든 일상이 다르다고 자임하며 이것을 이해 못하는 불교과 동기들과는 잘 어울리지 못하므로 따돌림을 당할 정도였다. 그러나 기숙사에 입사하기가 매우 어려운 상황에서 선배들의 허락으로 입사한 터라 마음을 고쳐먹고 환경에 적응하려고 노력한 결과 혼자만의 정신적 외로움을 달래던 울음은 차츰 사라졌고, 그때부터 구체적으로 그가 할 일을 찾기 시작했다.

우선 불교학과 위상이 교내에서 너무나 미약하여 그의 장기인 웅변을 활용하여 위상을 부각시키기로 다짐하고 전국 웅변대회에 출전했다. 두 번을 출전하여 모두 우승하고 그 트로피를 학교 당국에 전달했더니 전국웅변대회에서 우승을 했다며 그를 총장실로 불러들여 총장님께 우승컵 전달식도

거행함으로써 불교학과의 위상을 높이는 계기가 되었다.

이밖에도 결코 바람직하지 않은 사례이긴 하나 태권도도 배워 익혀 젊은 혈기에 불교학과를 '목탁과' 라고 비하하는 선배에게 폭력을 가해 이빨 세 개를 상하게 하여 경찰에 입건되었으나 원만하게 해결하면서 이후 불교학과의 위상은 높아졌다. 어쨌든 그의 불교학과에 관한한 남다른 열정만큼은 많은 사람에게 귀감이 되고도 남았다.

재발심

선진규 시인은 동국대학교 불교대학 3학년 때 해인사 강원에서 경전을 배우겠다고 다짐하고는 머리 깎고 행자생활을 시작했는데 학교 당국으로부터 느닷없이 총학생회장으로 선출되었다는 전갈과 함께 학생처에서 담당자가 직접 데리러 왔다. 결코 학업현장으로 되돌아갈 수 없다고 강변하자 학생처 직원 말이 "4학년 중에서 총학생회장을 뽑는 과정에서 후보자간에 큰 싸움이 일어나 총장님의 직권으로 4학년은 공부하고 3학년에서 선출하라는 엄명을 내려 불교대학 대의원들이 선진규 시인을 불교대학 회장으로 뽑았고, 다시 각 대학 회장 중에서 불교대학 회장인 선진규 시인을 총장님 재량으로 총학생회장에 임명했다"는 것이다. 그리하여 꼼짝없이 상경하여 총장실에 들렀다는데 당시 백성욱 총장님께서 선진규 시인을 위아래로 훑어보시고는 "이곳 총장실을 해인사 강원이라 생각하고 나에게 금강경 강의를 들으라"시며 타이르셔서 꼼짝없이 매일 오전 11시부터 12시까지 총장실에서 1년간 단독으로 금강경 강의를 받으며 수행하는 총학생회장이 되었다고 한다. 어쩌면 선진규 시인은 이때부터 '삭발염의'의 출가와 같은 재가불자의 길을 걷게 된 것이다.

어쨌든 선진규 시인은 이후 총학생회장으로서의 활동이 대외적으로도 모범적인 학생운동으로 소문이 나서 서울시내 대학 총학생회장들의 선망의 대상이 되었다. 삭발을 지속적으로 하고 있었기에 '남산대사' 라는 별명을 얻어 그마저도 명예롭게 불리고 있었는데, 한 해 연상인 이화여자대학교 김기업 총학생회장이 불교운동을 하는 도반이 되겠다고 나선 것도 바로 이때였다.

그리고 이듬해(1958년) 가을 이 도반과 선진규 시인은 백년가약을 맺게 되었고 각자가 처한 현실에서 남다르게 추구하는 미래를 향하여 참으로 열심히 활동해 왔다. 그러다 2004년 이 도반은 췌장암 진단을 받고 황망히 이 세상을 떠났지만 평생 동안 불교 포교밖에 모르는 남편 대신 가정을 지키면서 밖으로는 말단 공무원에서부터 승진을 거듭하여 여성공무원으로서는 당시 최고의 직급인 전국에서 하나 밖에 없는 보건복지부 가정복지국장에 이르기도 했다.

김기업 여사는 공무원 재직 당시에 우리나라 복지의 틀을 마련하는 데 실무 책임을 다 했으며 황무지와 같은 우리나라 불교계 복지기반 구축에도 숨은 역할을 다한 것이 오늘날 다시 회자되고 있다. 특히 여성공무원의 직급이 차별화되어 있던 것을 평준화 하는 법을 제정하여야 한다며 1990년대 초반 당시 노태우 대통령 영부인 김옥숙 여사의 지원을 받아 중앙부처 여성 과장급과 시 · 도 가정복지 과장을 국장으로, 계장은 과장으로, 계장 빈 자리는 우수 여성공무원들 중에서 승진

할 수 있는 조직개편법을 만드는 데 앞장섰으며 끝내 관철시키는 쾌거도 이루었다. 그러나 여권신장에 있어 역사적으로도 매우 공로가 높은 활동을 하였으면서도 자신을 표면에 내세우지 않았던 것은 남편으로서의 선진규 시인의 사회활동에 장애가 될까 염려스러워서였다는데 이 부분에서 선진규 시인은 '무한히 발전할 수 있었던 사람인데…' 라며 지금도 무척이나 미안해 하고 안타깝게 생각하고 있다.

그의 그늘에 가려 운신의 폭을 넓히지 못한 아내를 회억하며 안타까운 심정으로 회한에 젖어 있던 선진규 시인에게 최근 여성가족부로부터 새삼 김기업 여사의 재직 당시의 업적이 여성계에 널리 홍보되고 있다는 전언을 받고는 저세상에서 편안하게 미소 짓는 아내가 그려져 참으로 포근한 위안을 받는다고 한다.

다시 앞으로 돌아가 선진규 시인은 1959년 2월에 대학 졸업을 하게 된다. 당시는 6.25 한국전쟁으로 폐허가 된 국토에다 빈궁한 농토, 자유당의 독재정치, 불교계 대처비구의 분쟁이 극에 달해 있던 때다. 농촌에서는 보릿고개를 넘지 못하는 참으로 처절한 배고픔 속에 민심은 흉흉해지고, 정치는 부패할 대로 부패하였으며, 정신을 차려 중생을 제도하여야 할 불교계마저 대처비구의 싸움이 심화될 무렵이었다. 졸업 1년 전인 1958년부터 선진규 시인을 비롯한 기원학사 불교학도들이 모여 '세상이 이토록 고통스러운데 우리는 지금 무엇을 해야 하나?' 라는 거대담론을 앞에 두고 모두들 자괴감에 빠져들었다. 그리고 얼마간의 시간이 지나 현실적으로 합당한 돌파구로 채택한 것이 '대중불교를 선도한다는 측면에서 호

화찬란한 기와집 안에 군림하며 중생의 보시만을 받을 것이 아니라, 시대정신을 받들어 이 어려운 때 폐허가 된 중생계에 불교가 나타나야 한다' 는 것이었다. 그리고는 시대적으로 절실하게 요구되는 4대 개발 구호로써 '심신개발, 사회개발, 경제개발, 사상개발' 을 담은 대중적인 생활불교를 선도할 상징성을 지닌 '호미 든 관음개발성상' 을 세우자는 데 의견을 모았다. 그리고는 실행 대표를 맡아 건립 추진에 앞장섰고 졸업하면서 그해 4월 5일 청명절에 31명의 불교학도들과 간절한 모두의 염원을 담아 김해 봉화산 정상에 봉안하였다.

요컨대 농경사회에서 삶의 원천을 상징하는 호미는 마음의 밭을 올곧게 가꾸고픈 진심 어린 서원으로서 실천의 의지가 듬뿍 배인 매개체가 되어 선진규 시인이 오랜 동안 가슴 깊이 품어왔던 실용적인 생활불교를 비로소 만천하에 천명했던 것이다.

여래사의 삶, 전법 포교

《법화경》「법사품」에는 '여래사如來使' 라는 말이 나온다. 부처님의 심부름꾼이라는 뜻이다. 부처님의 말씀을 '수지, 독, 송, 서사, 해설' 하는 일 중 한 가지만 실천해도 그를 여래사라고 부처님께서 말씀하셨다. 부처님의 심부름이란 다름 아닌 전법 포교의 공덕을 말한다. 단적으로 누군가에게 법회를 소개하거나 부처님의 법어가 담긴 책자 하나만 전하더라도 여래사라 지칭되는 것이다.

선진규 시인이야말로 유년시절부터 할머니의 손에 이끌려 삶에 대해 깊이 생각하기도 전에 부처님을 가슴에 품기 시작했고, 부처님의 존재를 인지하고부터는 그 누구보다 부처님께 깊이 천착하며 평생을 여래사로 살아온 것이다.

아무튼 호미 든 관음개발성상을 봉화산 정상에 봉안한 후 선진규 시인은 불교 저변을 넓히기 위해 본격적으로 불사를 시작한다. 백성욱 총장님의 지원을 받아 봉화산 주변의 땅 3만 5천 평을 마련하고 신용리의 신용사를 병합한 뒤 절 이름도 '봉화사'라 개명하며 사찰의 터밭을 새롭게 변모시켰다. 그리고는 지속적으로 식목과 개간에 이은 농촌계몽운동을 펼치면서 가족들의 도움으로 5차례에 걸쳐 24만 평의 넓은 부지도 확보했다.

1972년에는 조계종 중앙 상임포교사로 발탁되어 총무원내에 근무하며 1년에 전국순회 280회라는 대단한 법회기록도 세웠다. 1975년부터는 봉화사를 어느 스님에게 의탁하여 운영하게 하였는데 1983년에 2회에 걸쳐 화재가 발생하여 법당과 요사채까지 전소되고 말았다. 1978년에는 선진규 시인이 대한불교청년회의 10대 회장으로 선출된다. 그 직함 역시 포교의 원력을 품은 그에게는 또 다른 날개가 되어 선진규라는 이름 석 자가 한국 현대불교에서 진하고 굵은 획을 긋게 만든다. 그는 대한불교청년회 초대회장이신 만해 한용운 시인의 묘소를 찾기 위하여 한겨울에 망우리 공동묘지를 헤매다 1979년 2월에 초라하게 내팽개쳐진 만해 한용운 시인의 묘소를 찾아내고 한국일보에 찾아가 취재 보도하게 함으로써 당시 매스컴 전체를 들썩이게 만들었다. 이 여세를 몰아 그는 불교청년회의 출발이자 지주라고 말할 수 있는 만해 한용운 시인을 선양하기 위해 전국만해백일장을 기획하고 홍보하여

1980년 3.1절을 기해 제1회 대회, 뒤이어 청년대회를 개최하였다. 이때부터 卍해 한용운 스님의 뜻을 기리는 운동으로 크게 일으키면서 매년 3.1절 기념 전국만해백일장은 대통령상을 대상으로 시상하며 초대형 백일장으로 자리 잡아 매년 성황리에 개최되어 2018년 현재 39회 대회까지 이어져 왔다.

그 당시 선진규 시인은 불교 관련 강연회와 세미나를 연이어 마련했다. 또 설법회 개최와 찬불가 제작 등 불교의 대중화와 생활화를 위한 사업을 펼쳐나갔다. 찬불가 '부처님 오신 날', '연등', '제등행진곡' 등 우리 불자들 귀에 익은 찬불가는 남다른 불사관佛事觀을 지니고 있던 선진규 시인의 노력으로 탄생한 곡들이다. 기존의 찬송가풍 흐름에서 우리 고유의 가락이 짙게 배여 있는 범패가락, 굿거리장단, 자진모리장단 등을 가미하여 작곡하고 편곡한 찬불가로서 발상 전환에도 깊이 관여하였으며, 이때부터 불교합창경연대회도 개최하여 불교계에 신선한 바람을 불러일으키기도 했다. 이른바 법당 세우는 일만이 불사가 아니라는 것을 새삼 일깨워 준 생활불교의 실천이었다.

그의 남다른 불사가 계속해서 이어진다. 1979년 9월 1일, 선진규 시인이 회장으로 있는 대한불교청년회는 제1회 전국불교청년대회를 개최한다. 대회 주제는 '우리는 참회합니다'로서 불교계 분쟁의 모든 원인을 불교청년회가 책임지고 참회한다는 것이었다. 뿐만 아니라 유신체제로 인한 온갖 불행한 시대적 아픔을 모두의 참회로 인식하는 차원 높은 보살행을 실천해 보이고자 여는 대회였다. 대회는 성공적으로 회향했고 그 성과는 매우 컸다. 대한불교청년회 11대 회장으로

재신임 받아 다시 선출된 선진규 시인의 열정적인 불사는 더욱 활기차게 이어져 그가 임기를 마쳤을 당시 대한불교청년회는 16개 지회에서 152개의 지회로 대폭 늘어나는 장족의 성과를 거두었다.

1983년에는 봉화사 법당이 불탄 자리에 천막을 쳐서 부처님을 모시고 있던 곳에 조립식 건물을 세우고 이 건물을 법당과 청소년회관으로 사용하면서 '봉화사'란 명칭을 '봉화산 정토원'이라 개칭하고 믿음의 바탕을 '정토신행淨土信行'에 근거하여 포교활동에 전념하였다. 더불어 우리 민족의 미래이며 불교의 미래이기도 한 청소년 불사에도 진력했다. 청소년수련원 건물을 건축하고 청소년 교육불사에 힘을 쏟았다. 당시 그가 개발한 청소년 인성교육을 위한 예절프로그램인 '봉화산예절서당'은 수련포교프로그램경진대회에서 전국 1,200여 출품작 중에서 최우수상을 수상하였고, 현재까지도 최상의 모델로 일선 현장에서 활용되고 있다. 그 공로로 선진규 시인은 2006년 국민훈장 모란장을 받기도 했다.

그 밖에도 전국의 초중고교를 대상으로 한 '학교에 죽비 보내기 운동', '봉화산 청소년 축제' 등을 개최하였는데 청소년을 위한 불사로서 선진규 시인이 걸어온 포교의 길에서 매우 중요한 비중을 차지하는 것이기도 하다. 이후 한국청소년시설협회(현재 공 · 사설 850여 개 시설) 회장, 호법포교사단 창립 회장을 맡아 활동하였고, 88서울올림픽 때는 10만 유등 문화행사 기획홍보 총책을 맡아 성공적으로 행사를 치러 전세계적인 문화행사가 되어 매스컴에 오르기도 했다.

불교계 최초로 봉화산 불교청소년수련원을 건립하였고,

1972년 동국대학교 강사로 위촉받으면서 '불교포교이론'을 정립시켰으며, 이후 동국대학교 불교대학 객원교수, 대학원 겸임교수 등으로 초빙되어 후학 지도에도 일익을 담당하였다.

선진규, 그의 이름 석자는 거기서 끝나지 않는다. 그는 2002년 조계종 전국신도회 제18대 회장으로 선출되더니 새로운 신도운동을 위한 세미나도 개최하고 지도자수련대회를 열어 조직을 재정비함으로써 신도회가 조직으로만 끝나지 않고 불법홍포에 실질적인 역할을 할 수 있는 기반도 다졌다. 특히 중앙신도회와 하나로 통합시키는 등 재가포교사로서 괄목할 만한 활동을 해 왔으며 초지일관初志一貫 현재까지 그의 열정은 지속되고 있다.

또한 故 노무현 대통령 서거(2009.05.23.) 후 봉화산 정토원에서 정성 들여 올린 49재에는 전국에서 수십 만 명이 참배하여 그야말로 인산인해를 이루었다. 그런데 단 한 건의 안전사고 없이 행사를 말끔하게 치러 성숙된 불교와 더불어 전국적으로 봉화산 정토원을 인지도 높은 사찰로 제고시켰으며 그에 따른 유명세도 톡톡히 치르고 있다.

시인 등단, 그리고 문단활동

2011년 6월 1일, 선진규 시인은 한국불교문인협회 회장 취임을 열흘 앞두고 계간 『한국현대시문학』(여름호) 신인문학상에 시 〈봉화산 사자바위〉와 〈신년송〉이 당선되어 정식 시인으로 문단에 등단하였다.

당시 심사를 맡았던 문학박사 홍윤기 교수는 심사평에서 '불심佛心의 눈부신 서정시화抒情詩化'라 제題하고 절제된 의

인화 수법으로 승화시킨 〈봉화산 사자바위〉는 시인이 '사자바위' 를 제재로 하여 돈독한 불심을 리리시즘으로 눈부시게 서정시화 하였는데 청유형 메타포 수법은 공감도를 더욱 높여준다고 평했다. 특히 제3연의 "모두야 오너라!/ 아픔일랑 달래고/ 원망일랑 이곳에서 풀어 버리자/ 헤일 수 없는 욕망, 끝없는 번민/ 이곳에서 털어 버리자/ 동서남북 뿔뿔이 헤어 짐도/ 하나 되게 이곳에서 기원 드리자" 는 메시지는 불교적 관념을 초극한 문학성 넘치는 인류애 · 인간애의 평화적 메시지로서 독자들에게 가슴 뭉클한 감흥을 안겨준다고 호평하였다. 선진규 시인도 당선소감에서 '노무현 대통령이 재임 말기에 퇴임하면 봉하마을로 귀향하겠다는 소식을 접하고서 이곳의 상징어인 사자바위를 가슴에 담아 시작詩作한 것' 이라고 밝힌 바 있어 '노무현 대통령' 과 '사자바위' 를 동일시한 메타포가 매우 흥미롭게 다가온다.

홍윤기 교수는 〈신년송〉 역시 원숙한 불심을 바탕으로 새해와 더불어 온갖 사상事像이 중생의 희망 어린 터전에서 발아하고 승화되기를 간절히 기원하는 초극적인 분위기에서 진지하고도 화기和氣로운 서정시화의 이미지 처리 또한 알찬 부분이라고 격려하면서 한국시단에서 연년세세 더욱 정진하기를 축하와 함께 권유 드린다고 했다. 이에 선진규 시인은 역시, 이젠 접어야 할 것과 아직 못 다한 것들에 대한 희생적 삶을 남은 여생동안 문학을 통해 전력투구하라는 소명으로 알고 헤일 수 없는 문학의 심해深海에 발을 들여 놓는다고 자못 비장하게 당선의 변을 밝힌 바 있다.

우리나라 현대 정치사에서 과거 군사정부 시절 김춘수 시인이 국회의원으로 일한 바 있긴 하지만 당시 대중의 주목은 거의 받지 못한 것이 사실이고, 현재는 도종환 시인이 재선의원으로서 또 문화체육관광부 장관으로서 왕성하게 정치활동을 하고 있는데 역시 문인이 현실정치에 깊이 관여한다는 것은 매우 드문 사례다.

선진규 시인은 1990년대 초반 지방정부인 경상남도 도의회 의원에 무소속으로 당선되어 도의회 무소속동우회를 만들어 교섭단체장까지 역임하는 정치적 수완을 발휘한 바 있다. 이후 민주당 노인위원장 겸 당무위원을 역임하면서 노인복지, 청소년 정책 개발 등에 힘써 왔으며, 현재는 중앙당 고문겸 전국노인위원장으로 당무에 임하고 있다.

4년 전(2014.06.04.) 필자는 계간 『한국불교문학』 특별기획으로 도종환 시인을 인터뷰한 바 있다. 그 당시 도종환 시인은 천주교 신자임에도 철학적으로나 사상적으로 여느 불교학자보다 해박하게 인터뷰에 임하여 무척이나 놀라게 하였으며, 정치에 임하는 자세가 남달라 정치인으로서도 대성할 것을 이미 예견하게 했었다.

"물은 바가지에 담아 부뚜막에 놓거나 유리잔에 담아 식탁에 놓거나 본연의 모습은 변하지 않는 것과 마찬가지로 국회라는 곳이 정치 주체마다 이해관계가 달라서 첨예하게 대립하고 갈등하는 그야말로 아수라의 현장이지만 시인의 마음으로 평상심을 유지하며 균형감각을 최우선으로 하여 정치에 임하고 있다"는 그의 정치관이 아직도 귀에 쟁쟁하다.

세계적으로 문인으로 활동하다 정치에 입문하여 성공한 정치가로는 체코의 극작가 바츨라프 하벨을 들 수 있겠는데 그가 중심이 되어 공산당 정권에 저항한 77헌장이 우리에게도 매우 익숙한 민주화의 대명사인 '프라하의 봄' 을 불러왔고, 이후 그는 당당하게 대통령에도 당선되었다. 체코 출신의 프랑스 망명 작가 밀란 쿤데라의 대표작《참을 수 없는 존재의 가벼움》이 영화화 되어 우리에게는 〈프라하의 봄〉으로 잘 알려져 있는데 바로 하벨의 체코 민주화 과정을 심층 취재한 작품이다. 또 불후의 명작《레미제라블》의 저자 빅토르 위고도 프랑스 상원의원으로서 프랑스 혁명기를 배경으로 다양한 정치문제들에 대한 자신의 견해를 이 소설에 고스란히 반영하여 국민적 영웅이 된 작가이며 성공한 정치인이다.

선진규 시인 역시 그간 시민운동을 하면서 고통받고 있는 서민 속에 오랜 동안 파묻혀 지내며 이루 형언하지 못할 고된 역할을 감당해 온 밑바닥 정치인으로서 시대적 상황을 시로 표출한 시인이기도 하다. 여기서 일반 대중에게 오래도록 기억될 그의 구도자적 인생관을 담은 시로서 2013년 박근혜 정권이 출범한 직후에 발표한 〈울음〉을 인용해 본다.

구도求道의 길 떠나는
아들 손 잡고 우시던 어머니
새벽길 뻐꾸기 소리와 함께 울었습니다

배고파 보릿고개 넘지 못하는
헐벗은 산야에 할 수 없이
우리는 부처님 손에
호미를 들게 하고 울었습니다

부정선거 다시 하라!

비 오듯 총알이 퍼붓는 속을
넘어져도 전진하는
젊음과 함께 울었습니다

민주주의 찾는 길에 몸 바친 망월공원
혼자 거닐며 후퇴하는 민주주의 생각에
분함을 손에 쥐고 소리 없이 울었습니다

부엉이바위에서 그간 온갖 물의
모두 책임지고 떠나간 추모 49재
함께 목놓아 울었습니다

수만 년 흘러내린 4대강 곳곳에
산소 부족으로 죽어가고 있는 한없는 생명들
답답하고 안타까워 발 구르며
지금도 울고 있습니다

지행일치知行一致 양익양륜兩翼兩輪
지식과 도덕성은 양날개 양바퀴와 같다!
청소년들의 사람됨을 소리치고 다녔는데
갈수록 험한 세상 어버이를 해害하고
자식을 버리는 지경까지 왔으니
목메인 울음 그칠 수가 없습니다

분단 60년 허리 잘린 국토 위에
헤어진 부모 형제 아직도
눈 부릅떠 싸우고
권력유지 수단으로
한쪽은 종북! 한쪽은 반동!
벌벌 떠는 공포 속에 통일의 암담함
이제는 양쪽 모두

눈물이 마르고 있습니다

보고 듣고 가고 오고
울지 않을 수 없는 현실 앞에
이 못난 남편 만나 46년 고생하다
몹쓸 병 얻어 세상 떠난 아내에게
"참으로 그간 고생 많이 하였소!"라는
말 한 마디 못한 것이
영원한 울음이 되어 버렸습니다

울기 위해 태어난 운명인가
울지 아니 하면 아니 되는 운명인가
이제는 어떤 운명의 울음이라도 좋습니다

이 울음이
모두의 아픔을 씻을 수만 있다면
세세생생 피할 수 없는
울음이 아닙니까

- 〈울음〉 전문

'울음의 정치학' 이라 하면 문득 '바보 노무현' 을 생각해 보게 된다. 그러니까 2002년 16대 대선정국에서 초반에는 노무현 후보가 별다른 주목을 받지 못하다 그의 고집스럽게 올곧은 정치행보가 새삼 대중의 인정을 받고는 진심으로 펑펑 울던 그의 모습에서 '참정치인상' 이 발현되고 그 사람 냄새나는 모습이 널리 회자되면서 끝내 민주당 대통령 후보로 확정되고 대선 본선에서도 당선되는 쾌거를 이루었던 것. 최근 이스라엘의 진화생물학자 오렌 하손이 분석한 바에 의하면 "울음은 주위 사람들에게 공감과 지지를 이끌어 내는 도구로써 생겨났기 때문"이라는데 사실 눈물로 표출되는 그 울음의 진정성은 상대방으로 하여금 오랜 여운을 남기며 진한 공감을 유도해 낸다.

위에 인용한 시 〈울음〉이야말로 평생 떨쳐 버리지 못하고 운명처럼 받아들이는 선진규 시인의 절절한 인생역정이 그대로 묻어나 천생 포교사로서의 삶이 파노라마처럼 스쳐 지나가는데 그의 연치만큼이나 우리의 파란만장한 근대사가 시대적 아픔을 듬뿍 머금은 채 확연하게 그려지고 있다.

6.25 한국전쟁을 겪고 나서 절박한 시대적 아픔을 치유할 방책으로 불교대학에 입학하고는 졸업과 동시에 '호미 든 관음개발성상' 을 봉안하고, 3.15부정선거에 이은 4.19혁명의 현장에서 시대적 아픔에 젖어 쏟아낼 수밖에 없었던 눈물, 수많은 인명이 희생된 광주민주화운동을 회억하면서 부엉이바위에서의 노무현 대통령 서거에 따른 49재의 여운, 그리고 환경파괴의 대명사가 된 4대강사업, 사회계층 전반에 만연하는 도덕성 실종에다 고착화 되어가는 남북분단의 현실, 특히 가족생계에 있어 너무나 큰 짐을 안겨 일찍 이승을 하직한 아내에의 안타까운 회한의 눈물은 선진규 시인을 평생 울음의 굴레에서 벗어나지 못하게 하는 요소들이다.

결국 선진규 시인은 "울기 위해 태어난 운명인가/ 울지 아니 하면 아니 되는 운명인가/ 이제는 어떤 운명의 울음이라도 좋"다고 받아들이면서 "이 울음이/ 모두의 아픔을 씻을 수만 있다면/ 세세생생 피할 수 없는/ 울음이 아닙니까"라 반문하고 있다. 즉 세상 모두의 아픔을 씻을 수만 있다면 평생 동안 울 준비가 되어 있다고 강변하고 있는 것이다.

나오면서

卍海 한용운 시인을 존경하며 문학적인 일과 관련해서는 무엇보다 만해사상을 가슴 깊이 새기고 있는 선진규 시인은 한국불교문인협회 회장 외에 한국문인협회 재정분과위원장, 국제PEN 한국본부 회원 등으로 문단 활동을 하고 있다. 특히 정치력이 상당부분 작용하는 卍해통일문학축전 총괄본부장으로서, 또 만해사상실천연합 대표로서 이 시대의 염원인 남북통일을 위하여 한용운 시인이 마지막까지 굽히지 않고 살다 가신 심우장을 중심으로 그 분의 정신을 살려 매년 卍해통일문학축전 개최와 국가문화재로서의 심우장 확장사업에 전념하고 있다.

더욱이 선진규 시인은 현재 우리 나이로 85세라는 연치가 믿어지지 않을 만큼 오늘도 첨단문명의 이기인 스마트폰을 능숙하게 다루며 부처님 말씀을 Facebook, 카톡, Band 등을 이용하여 대중을 향하여 쉬지 않고 올리면서 SNS 전법활동에 임하고 있다. 이마저도 어쩌면 지난날 청년시절에 일으켰던 초발심의 연장선이 아닌가 싶다. 출가 독신수행길을 가지 아니한 초발심이 재발심으로 다시 응결되어 초발심 때 품은 화두와 초발심 때 접한 문제의 해결점을 찾으려고 평생을 부단히도 노력해 왔다.

선진규 시인은 내일 이 세상을 떠날지라도 움직이고 있는 초심의 에너지가 뒷받침하고 있는 한 위대한 부처님의 출가동기를 되새기고 근본서원인 사홍서원과 불교 중흥을 위해 결코 죽는 순간까지 멈추지 아니 할 것을 굳게 다짐하며 오늘도 쉬지 않고 정진, 또 정진하고 있는 것이다.

선진규 시집
봉화산의 소리
•
지은이 / 선진규
발행인 / 김영란
발행처 / 한누리미디어
디자인 / 지선숙
•
08303, 서울시 구로구 구로중앙로18길 40, 2층(구로동)
전화 / (02)379-4514, 379-4519
Fax / (02)379-4516
E-mail/hannury2003@hanmail.net
•
신고번호 / 제 25100-2016-000025호
신고연월일 / 2016. 4. 11
등록일 / 1993. 11. 4
•
초판발행일 / 2018년 10월 25일
•

•
값 12,000원
•

•
ISBN 978-89-7969-782-7 03810